21949

FAUT Y PENSER.

—

Air connu.

Faut y penser! (disait Magloire),
A ce héros dont la valeur,
Sut nous guider au champ d'honneur,
Et nous assurer la victoire.
Du grand homme ayons souvenir,
Il fut notre appui tutélaire;
Affreux rocher l'a vu périr,
Chantons son hymne funéraire,
    Faut y penser. (*bis.*)

Faut y penser! Las, on l'exile;
De notre gloire toujours jaloux,
Ses derniers vœux furent pour nous;
Son âme était pure et fertile,
Il méditait notre bonheur,
Et celui de l'Europe entière;
Fallait-il qu'un noble vainqueur,
Ainsi terminât sa carrière!
    Faut y penser. (*bis.*)

Faut y penser! race bretonne,
Toi surtout, geôlier inhumain,
Qui nous dois compte de sa fin,
Comment veux-tu qu'on te pardonne?.....
En vain, de lâches détracteurs
Ont voulu flétrir sa mémoire,
Il règne encor sur tous les cœurs,
Et vivra toujours dans l'histoire!
    Faut y penser! (*bis.*)

Faut y penser! France chérie,
Vers les cieux prenant son essor,
Il nous a laissé, pour trésor,
Un fils, l'espoir de la patrie.....
O regrets! mais ce fils n'est plus.....
Il est aux genoux de son père.....
D'un héros il eut les vertus;
Que tout bon Français le révère,
    Faut y penser. (*bis.*)

Faut y penser! sur la Colonne,
L'honneur vient de le reposer,
Tout Français ira déposer
Près du vainqueur une couronne!
C'est là, que cent peuples divers
Viendront honorer sa mémoire;
C'est là, qu'en dépit des pervers,
Apollon chantera sa gloire.
    Faut y penser. (*bis.*)

Faut y penser! autour du monde,
L'étendart de la liberté,
Établissant l'égalité,
Nous promet une paix profonde.
Mais, si d'avides étrangers
Revenaient insulter la France,
Bravant les traîtres, les dangers,
Assurons son indépendance.
    Faut y penser. (*bis.*)
              Par L. W.

Imprimerie d'Herhan, r. St-Denis, 380.

ye

21920

21922

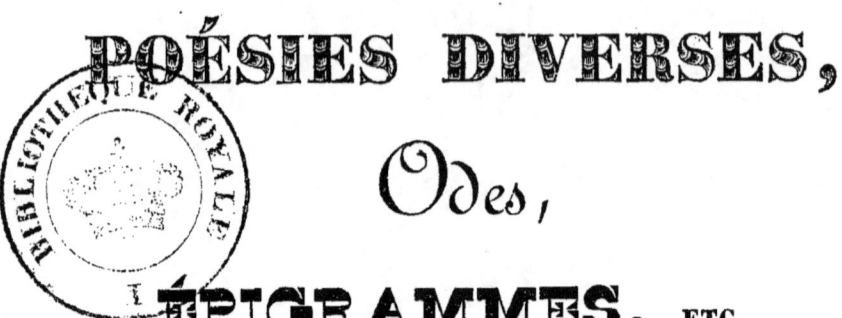

POÉSIES DIVERSES,

Odes,

ÉPIGRAMMES, ETC.,

PAR

C. FAUCOMPRÉ, AVOCAT.

Lafayette n'est plus !... à ce mot, que nos pleurs
Coulent en abondance et tombent sur nos cœurs.

PARIS,

IMPRIMERIE DE SÉTIER,

Rue de Grenelle Saint-Honoré , Nº 29.

1834.

ODE PREMIÈRE.

Tremblons, amis, tremblons! le héros de la France,
Vengeur des libertés, notre douce espérance,
Lafayette n'est plus!... à ce mot, que nos pleurs
Coulent en abondance et tombent sur nos cœurs.

Écoute nos sanglots, ô notre tendre père;
Ah! reçois nos soupirs, et vois notre misère.
Dans la terre avec toi, toute la France en deuil
Descend en gémissant au fond de ton cercueil.

Grands dieux! la faux du temps, la mort pâle et cruelle,
Malgré nos cris aigus, t'enlève à notre zèle!
A nos plaintes, du moins, ouvrons un libre accès,
Et d'un beau souvenir honorons ton cyprès.

De tes ans, s'il se peut, oublions le ravage,
Et cueillons de nouveau les fleurs de ton jeune âge.
Laissons, laissons bien loin tous tes nobles ayeux;
Comme un astre, toi seul, viens briller à nos yeux.

Collége du Plessis prépare sa couronne,
De la gloire déjà, l'éclat nous environne;
Marchons d'un pas rapide à la voix de l'honneur;
Rien ne peut, en ces lieux, ralentir son ardeur.

À dix-sept ans, au plus, s'enflamme son courage,
Soutenu par la force et la vertu d'un sage.
Que Lafayette est beau sous l'habit d'officier,
Il sera, j'en suis sûr, un valeureux guerrier.

Et sans parler encor de notre République,
Allons, marchons, courons, volons en Amérique;
A nos frais, tout-à-coup, équipons un vaisseau;
Vive la liberté! notre triomphe est beau.

Epouse, amis, parents, que rien ne nous arrête;
Non jamais on ne vit un si grand jour de fête.
Onde, soyez bien calme et coulez doucement;
Zéphir, soyez bien doux et soufflez tendrement.

Notre jeune guerrier va délivrer la terre,
Ecraser d'un seul coup l'orgueilleuse Angleterre;
A tous les yeux montrer le rival des Césars,
Et d'un pied dédaigneux fouler les léopards.

Parlez Annopolis, New-York et Baltimore,
Et Boston, Albany, Philadelphie encore;
Ah! parlez du héros, admirons son grand cœur,
Pour un noble tribut payons avec ardeur.

Et toi, grand Washington, toi l'ami de sa gloire,
Viens ami, viens chez nous réveiller sa mémoire.
Montre-nous Lafayette au sein du champ d'honneur,
Marchant à tes côtés et triomphant sans peur.

Mais quittons, il est temps, une terre étrangère ;
A tous les cœurs bien nés que la patrie est chère !
Ils sont tombés, enfin, ces orgueilleux Anglais ;
Le héros est sensible aux cris de nos Français.

De l'esprit de parti, sachant quelle est la rage,
Le sage Lafayette en conjure l'orage.
Il protège le peuple, il respecte son Roi,
La France toute entière est soumise à sa loi.

Du souverain pouvoir s'il eût aimé les charmes,
En ses mains tout l'état eût déposé les armes.
Mais, modeste et soumis au seul nom de l'honneur,
Un tyran à ses yeux fut un objet d'horreur.

Cependant les bourreaux ont demandé sa tête,
Ils accourent en foule à cette horrible fête.
Il faut prendre la fuite, et le grand homme encor
Dérobe à la vengence un si rare trésor.

A pas précipités il gagne l'Allemagne,
Et son cruel destin en ces lieux l'accompagne.
Olmutz, affreux Olmutz !... nouveau masque de fer,
L'homme juste languit au fond de cet enfer.

Enfin tous ses amis, enfin sa tendre épouse
Ont voulu le ravir à la fureur jalouse ;
Après cinq ans entiers, l'heureux Napoléon
Seul brisa ses liens et rouvrit sa prison.

Il refuse les dons du conquérant du monde ;
En la seule vertu tout son espoir se fonde ;
Dans son Lagrange il vit, travaille, et, de sa main,
Comme Philopémen il cultive son bien.

De l'exil, tout-à-coup, la France le rappelle ;
Il arrive, il accourt, brûlant du plus beau zèle,
Il monte à la tribune, et, roi des orateurs,
Il s'exprime en ces mots, et parle à tous les cœurs :

« Voyez, Messieurs, voyez, l'étendard tricolore,
» Des plus belles couleurs il brillerait encore ;
» Allons, braves amis de notre liberté,
» Vive l'ordre public, vive l'égalité !

» Pour moi, le vétéran d'une cause sacrée,
» Cette cause jamais ne fut désespérée.
» Oui, depuis bien des ans pour la première fois,
» Allons, mes vieux amis, reconnaissez ma voix. »

Le temps qui détruit tout respectera sa gloire ;
De l'auguste vieillard consacrons la mémoire.
Son nom fut en Juillet le mot de ralliement,
Qu'il inspire à nos cœurs le plus doux sentiment.

Ah ! sur ta tombe, au moins, nouvellement éclose,
Permets-moi, cher ami, d'effeuiller cette rose ;
Hélas ! ainsi que nous, elle ne vit qu'un jour,
Tribut d'un bon Français, tribut de mon amour.

ODE DEUXIÈME.

Parmi les biens nombreux qu'un dieu, dans sa clémence,
A répandus sur nous dès notre tendre enfance,
Qui nous suivent toujours jusqu'au bord du tombeau;
Quel est donc le plus rare et de tous le plus beau?

Voyez ce qui respire en la machine ronde,
Qui vole dans les airs ou nage au fond de l'onde;
Interrogez les cieux, et la terre, et les mers,
Et tous les élémens de ce vaste univers :

Ecoutez Mahomet, Zoroastre, Epicure;
Consultez Pythagore; est-il, dans la nature
Un être bien pensant qui ne porte en son cœur,
Le germe des vertus, la justice et l'honneur?

Et brûlante jeunesse et vieillesse glacée
Trouvent ces mots écrits au fond de leur pensée;
L'unique et doux lien de la société,
La mesure du bon fut toujours l'équité.

L'homme de tous les lieux, de tout rang, de tout âge,
Lui paya son tribut et lui rendit hommage.
Tout change, tout succombe, et suit le cours des ans,
Elle seule résiste à la force du temps.

Immuable soutien de notre destinée ;
Elle ouvre devant nous la route fortunée
De la paix , de l'honneur, prodigue à ses enfans
Ses dons et ses bienfaits sans cesse renaissans.

Tantôt le glaive en main , pour venger l'innocence ,
Déployant à grands frais son énorme puissance ,
Dans ses réduits obscurs elle atteint le méchant ,
Et fait le bien commun de ses coups l'immolant.

Tantôt dans le secret , au milieu du silence ,
Elle sonde le fond de notre conscience ,
S'érige en souveraine et nous dicte des lois :
A ce pouvoir magique elle soumet les rois.

Elle saisit le pauvre au sein de la misère ,
Lui reproche souvent une faute légère ;
Tourmente les puissans , sous les lambris dorés ,
Livrés aux noirs soucis , de remords dévorés.

Son trône inébranlable a pour base le monde ;
Sur la bonté des cœurs sa puissance se fonde ;
Du contrat social elle est le ferme appui ,
Elle en reçoit le jour, ne tombe qu'avec lui.

ODE TROISIÈME.

L'ami de la sagesse a trouvé le bonheur.
Jamais l'ambition ne jette dans son âme,
Les troubles importuns, vils enfants de l'erreur.
L'amour de la vertu le transporte et l'enflamme.

Par lui seul fortuné, sans regrets, sans chagrins,
Il coule, dans la paix, une longue carrière;
Il regarde en pitié les fureurs des humains,
Méprise les grandeurs, protége la misère.

Le tumulte des camps est pour lui sans attraits.
Ses mains n'ont pas porté le fer de l'homicide,
Et jamais la fureur n'osa troubler ses traits,
Ni graver sur son front le nom du parricide.

De la guerre cruelle il craint l'affreux malheur;
Pourtant il est paisible au milieu du carnage.
Sous le toît paternel il fuit le triste honneur
De se voir égorger à la fleur de son âge.

Et dès que Mars sanglant, fatigué des combats,
Demande le repos, dissipe la tristesse,
Montre l'homme de bien, confond les scélérats,
Laisse couler les pleurs, pardonne à la faiblesse;

Le sage reparait et vient tendre les mains
Aux hommes qu'il chérit, aux parens dont la vie,
Maîtrisant les hasards, donne à ces inhumains
Tout le temps d'étouffer et la haine et l'envie.

Avec eux, détestant la guerre et ses horreurs,
Il apprend tous leurs maux, il écoute leur plainte
Il rappelle ces temps de crise et de terreurs,
Où chacun, en secret, se livrait à la crainte.

Pour lui, loin des combats, son sang n'a pas coulé;
Son esprit fut encor soumis à la sagesse,
Sous un pied dédaigneux il a toujours foulé
Les désirs importuns, l'honneur faux, la richesse.

Ce noble sentiment est gravé dans son cœur,
Élève sa vertu, prépare son triomphe,
Lui dévoile les yeux, découvre le malheur
Du puissant entouré d'une brillante pompe.

Pourrait-il envier cette pourpre, cet or,
Père de tous les maux, voisin de la tristesse?
La gaîté, la santé, voilà tout son trésor;
Ses biens sont ses enfans, objet de sa tendresse.

MADRIGAL.

Napoléon
Avait le cœur du lion,
L'essor de l'aigle,
Le bonheur de la Pucelle,
Il est au rang des dieux,
Tel fut le plus beau de ses vœux.
Adieu Victoire,
Adieu la gloire,
Il est mort....
Tout dort.

RONDEAU.

A la Pucelle il serait beau,
Je crois d'adresser un rondeau.
Sa gloire n'est pas un problème ;
Oh ! oui, son nom, c'est l'honneur même.
Charles, dit-on, eût passé l'eau,
Il y a long-temps, sans bateau,
S'il n'eut mis à bas son fardeau,
Ayant recours au stratagème ,
    A la Pucelle.

La belle quittant son hameau,
Et sa quenouille et son fuseau,
Rendit l'éclat au diadème ,
Vengea l'autorité suprême ;
Mais la mort ravit son troupeau,
    A la Pucelle.

EPIGRAMMES.

Sur un bourgeois jadis gueux.

Un gros et gras bourgeois, jadis dans la misère,
Au soldat malheureux faisait ainsi la guerre :
D'où viens-tu mon ami ? Ton aspect ferait peur !
Oui, Monsieur, lui dit-il, si j'étais un voleur.

Sur l'Honneur.

Un jour de grande fête, en un cercle nombreux,
Un Quidam demandait : amis, qu'aimez-vous mieux ?
Ma foi, répondait l'un, n'est-ce pas la richesse ?
Sans volupté d'abord, il n'est point de bonheur,
Ajoutez, disait l'autre, une belle maîtresse ;
Messieurs, reprit un sage, avant tout c'est l'honneur.

Sur un Seigneur.

Au milieu de l'hiver, un seigneur très-puissant,
Du superbe Paris, glorieux habitant,
Allait à l'Opéra, caché dans sa voiture ;
Grand bruit et grand fracas, chevaux de belle allure,
Laquais aux beaux habits, cocher fort insolent,
Tout était en bon train. A vingt pas seulement
Du temple de Vénus s'était ouvert un gouffre ;
Plus d'un en rétrograde et plus d'un autre en souffre.
Vers les six heures du soir un savant reculait,
Et dans le même instant le seigneur arrivait.
L'homme instruit du danger, fait grand bruit, crie, arrête !
Le cocher lui répond d'un grand coup sur la tête ;
L'autre fuit avec peine, et dit en s'écartant :
Voilà donc ce qu'on gagne en les avertissant.

Sur petit Jean le voyageur.

Où vas-tu, petit Jean ? Mais je vais à Paris,
Le séjour du bonheur, et des jeux, et des ris ;
Je vais, et j'en suis sûr, y faire ma fortune,
Sans embarras, sans peine et sans contrainte aucune.
On s'embrasse à ces mots, on se livre à l'espoir ;
Adieu, dit petit Jean, mais toujours au revoir.
Il part, il vole, il fait un rapide voyage ;
Ce n'est pas un séjour, mais plutôt un passage.
Il reparait bientôt : déjà, dit le voisin ?
Hélas ! il est trop tard ; ami, je n'ai plus rien.

Sur un neveu qui met tout son espoir en son Oncle.

Finissons-en, ma mère, il me faut un état.
Eh bien ! mon fils, eh bien ! tu veux être avocat ?
Il suffit : vois ton oncle, il est dans l'opulence,
Comme lui du barreau, fais la douce espérance ;
Travaille, mon enfant, travaille avec ardeur,
Et tu pourras compter sur un tel protecteur.
Il le croit en effet, et se livre à l'étude,
Sans crainte, sans soucis et sans inquiétude,
Arrive chez son oncle : Eh ! bon jour, cher parent !
Je compte, mon ami, sur votre attachement.
Vous avez un état qui ne vous convient guère,
Répond-il aussitôt, ah Dieu ! quelle misère !...
— A l'étude du droit j'ai travaillé trois ans !
— C'est possible, monsieur, d'ailleurs j'ai des enfans.

Sur un Gueux qui épouse une femme riche.

Un tel épouse Alzire, et pourtant il est gueux ;
Que cette Alzire est riche, et qu'il doit être heureux !
Vous êtes dans l'erreur, il pleure sa misère :
C'est qu'il vient d'épouser un mauvais caractère.

SONNET.

Hâtons-nous de jouir, au sein de nos beaux jours,
Nous vivons un instant, le temps fuit, nous entraîne
Bien loin du but chéri, nos soucis, nos amours ;
On retrouve, en son lieu, la tristesse et la haine.

Grands et riches, parlez ! Cette pourpre, cet or,
Iront-ils avec vous au fond de votre tombe ?
Des biens et des honneurs serez-vous fiers encor ?
Du lugubre cyprès vous dormirez à l'ombre !

Les regrets dévorans, la tristesse et les pleurs,
Récélant vos plaisirs, nous diront vos douleurs,
Uniques habitans de votre dernier gîte.

L'espérance vous fuit et tombe de vos mains,
Alors tout est perdu, disparaît au plus vite
L'unique et cher appui des malheureux humains.

A mon Amie, au retour du Printemps.

Après un triste hiver la nature sourit :
J'ai vu les rayons de l'aurore,
Les fleurs à mes yeux vont éclore,
Déjà l'arbre fécond blanchit ;
Déjà, sous sa robe éclatante,
Il cache une moisson brillante.
Le bienheureux cultivateur,
Nageant au sein de l'espérance,
Considère, et cueille d'avance
Les fruits nombreux de son labeur.

Pour moi, je songe à mon amie ;
Ses traits sont gravés dans mon cœur,
C'est elle qui fait mon bonheur
Et les délices de ma vie !
J'entends les doux sons de sa voix,
Je tressaille et connais ses lois.
Au sein d'un amoureux délire,
Je fléchis sous un joug si beau ;
Fier de ce précieux fardeau,
Je ne demande qu'un sourire,
Le prix de mon constant amour.
Quand verrons-nous, ô mon amie !
Les frais bocages, la prairie,
Où, vers le déclin d'un beau jour,
Fuyant les regards du vulgaire,
Cachés à l'ombre du mystère,
Nous nous égarions tous les deux ?...
Cupidon me rend son armure,
De Vénus touchant la ceinture,
Je goûte le plaisir des Dieux !...

EPITAPHE.

Arrête-toi, passant ; regarde mon tombeau :
Là, comme mes ayeux, il m'a fallu descendre.
Favori des amours, aussi riche que beau,
Je ne suis déjà plus qu'une légère cendre.

EPIGRAMME.

Le Français est léger, mais il vit d'espérance ;
L'orgueilleux Espagnol est fier de sa hauteur ;
L'Italien à l'amour est livré dès l'enfance,
Et l'Anglais, à son or, doit toute sa grandeur.

FIN.

www.ingramcontent.com/pod-product-compliance
Lightning Source LLC
Chambersburg PA
CBHW072214210626
46818CB00014BA/2023